AF362440

# ESSAI D'EXPLICATION

## DE

## DEUX QUATRAINS

## DE

## NOSTRADAMUS;

*A l'occasion du livre de M. Bouys,* intitulé : NOUVELLES CONSIDÉRATIONS *sur les Oracles , les Sibylles , etc....., et principalement sur Nostradamus.*

( Par M. Motret, de Nevers. )

Prix : 1 fr. 20 c.

Se trouve ,

## A PARIS,

Chez PICHARD , Libraire , palais du Tribunat , aux Galeries de Bois.

## A NEVERS,

Chez BONNOT , Imprimeur , rue de la Tartre , près la Halle , N.º 184.

## M. DCCC. VI.

## ERRATA.

Pag. 3, l. 14, *inexprimable*, lisez inexplicable.
Pag. 15, l.   8, *prouvée. Il*, lisez prouvée : il.
Pag. 33, l. 25, *sul*, lisez seul.
Pag. 35, l. 13, *mom*, lisez mon.

# UN MOT

## A M. BOUYS,

### AU SUJET

### DE NOSTRADAMUS.

M ONSIEUR,

J'ai appris par gens qui l'ont lu, que, dans un livre d'une certaine étendue, vous me faites l'honneur de parler de moi au sujet de Nostradamus, qui occupe en effet la plus grande partie de votre long titre rapporté par quelques journaux. On ajoute même que vous m'y remerciez de vous avoir fourni l'une des principales preuves de ce que vous appelez votre système.

Ce n'était pas mon intention, je vous jure. Cet admirable système que je vous ai entendu comparer à celui de Copernic, n'a jamais été de mon goût, quoiqu'il soit, à bien des égards, la simplicité même. Il ne s'agit que d'appeler le somnambulisme magnétique, *clairvoyance instinctive*, et d'assimiler aux pronostics, aux pressensations, à la sagacité de quelques malades ou demi-malades en crise, tout ce qui, chez les hommes, paraît s'éloigner davantage de l'ordre naturel ; spécialement les oracles et les prophéties, même celles dont le caractère est le plus imposant, et dont les auteurs vénérés réclament expressément l'inspiration divine.

Par la magie de ces deux seuls mots, dont la réunion est, je crois, votre ouvrage, tous les inspirés ( et aucun prophète ne l'a été réellement selon vous ), tous les voyans, tous les oracles, toutes les sibylles ; les devins et les pythonisses, les astrologues et les sorciers, les convulsionnaires et les crisiaques de tous les tems et de tous les pays, forment une chaîne sympathique dont vous tenez le premier anneau : et ces irréfragables témoins de la constitution primitive du genre humain, lui assurent, sans qu'il s'en doute, à titre héréditaire, un instinct *primitif et moral* qui se manifeste sur-tout par une faculté naturelle de prévoir, exactement semblable à celle que Socin, Bayle, Voltaire et J. J. Rousseau ont, les uns nettement refusé, les autres pour le moins contesté à Dieu même.

Mais, chez ces êtres dégénérés, l'instinct primitif était oblitéré totalement. Ils ne comprenaient pas, ils ne voyaient pas clairement comme vous, Monsieur, combien il est naturel à l'esprit humain lui-même, tout borné qu'il est, de percer le voile de l'avenir ; de distinguer , dans l'ordre moral , à plusieurs siècles de distance , et d'annoncer d'une manière sûre et infaillible , ce qui n'existe pas encore ; ce qui ne pourra jamais avoir lieu que par le concours de plusieurs millions de déterminations particulières dont les combinaisons sont infinies , les motifs inassignables , les rapports nuls avec celui qui est supposé prévoir ; des effets enfin dont les causes , si quelque jour elles existent , pourront prendre chacune , toutes les fois qu'elles le voudront , une direction entièrement opposée.

Développer un pareil système , c'est l'avoir réfuté. Cependant , comme j'ai travaillé moi-même sur Nostradamus , dans un sens très-différent , et que vous vous êtes approprié , en l'ajustant à vos idées , ou plutôt à vos vues, ce que , vaincu par votre importunité , je vous avais communiqué de confiance , comme à un ancien camarade de collége sur lequel j'osais compter ; je crois devoir déclarer , de la manière la plus posititive , que , très-étonné de me voir cité par M. Bouys , moi qui n'ai jamais rien imprimé ni voulu imprimer sur cette matière ; je lui laisse en pleine propriété la gloire entière de son système , qui me parait choquer également , et le Dogme fondamental de toutes les Églises chrétiennes sur la divine inspiration des prophéties , lesquelles font partie essentielle du sacré dépôt ; et les plus

pures lumières de la saine raison ; et les principes les plus formels de l'auteur sur lequel il
prétend s'étayer.

Puissent les vues qui vous ont égaré ,
Monsieur, ne point vous précipiter dans une
spéculation fausse ! Puisse la curiosité du
public indulgent, vous tenir compte au moins
de votre empressement à courir au-devant
d'elle ! J'aurais voulu pouvoir dissimuler, et
ne me plaindre de votre procédé qu'à vous
même ; mais puisque vous parlez de moi au
public malgré moi ; puisque vous me citez et
semblez vous autoriser de nos entretiens au
sujet de Nostradamus, sur lequel vous insistez
*principalement* ; je dois séparer mon opinion
de la vôtre , et prévenir aussi ceux qui liront
votre livre , que je ne garantis aucune de vos
explications. J'ai les plus fortes raisons de
penser que si , dans quelques momens de
loisir , je venais à les parcourir , je ne me
reconnaîtrais pas moi-même dans celles qui
m'appartiennent au fonds , et dont votre *instinct*, je n'ose dire *moral,* s'est très-induement
emparé.

Je suis , etc.

*MOTRET.*

Nevers , le 24 Juin 1806.

# ESSAI D'EXPLICATION

DE

## DEUX QUATRAINS

## DE NOSTRADAMUS,

*A L'OCCASION*

Du Livre de M. Bouys, ci-devant Président
de l'Élection de Nevers, ex-Professeur
de Mathématiques ;

INTITULÉ :

*Nouvelles Considérations sur les Oracles,
les Sibylles, etc..., et principalement
sur Nostradamus.*

Après avoir dit un mot à M. Bouys au
sujet de Nostradamus, je me vois obligé de
fixer un instant l'attention du public sur
Nostradamus lui-même. Il la mérite beaucoup plus qu'on ne pense. Ce serait lui faire
tort que de le juger sur les explications dont
M. l'ex-professeur de mathématiques veut
bien me faire hommage en partie.

Depuis la lettre que je lui ai écrite, je suis enfin parvenu à le lire, et même jusqu'au bout. Il ne m'a point paru aussi bon écolier qu'il s'est montré sans doute excellent maître. Au moins est-il certain qu'il ne répète pas trop bien les leçons qu'il a prises, il faut le dire, un peu à la volée.

Nostradamus veut être sérieusement étudié pour être entendu, et sur-tout si l'on entreprend de le faire entendre aux autres. La description des évènemens majeurs se compose chez lui d'un assez grand nombre de quatrains épars qu'il faut rapprocher et placer dans leur ordre successif, pour en faire ressortir le sens très-soigneusement enveloppé par l'auteur. Chaque épisode historique est écrit d'un style qui suit des lois différentes ; et l'observation générale que son français est une espèce de caricature du latin, ne suffit point dans tous les cas.

Cet ensemble vraiement imposant, de dix, vingt, quelquefois quarante et cinquante quatrains, ayant chacun un sens complet et terminé, mais qui demandent à être réunis pour s'interpréter et s'éclairer mutuellement ; ces différentes nuances de style qui aident à les reconnoître, n'ont point été saisis par M. Bouys. Quelques grands traits qu'on lui a fait toucher au doigt l'ont frappé ; mais déplacés, isolés, souvent défigurés ou pris à contre-sens par lui-même, ils manquent leur effet. En un mot, M. Bouys n'a pas su se rendre maître de sa matière, et n'entend point l'auteur qu'il s'est chargé d'expliquer.

Il eut dû mieux connoître ses forces et respecter davantage la savante obscurité du médecin de Salon. Mais l'envie de produire sa *clairvoyance instinctive* et de lui attirer quelques regards, l'a fait passer par-dessus toutes les considérations. Il a blessé la délicatesse, croyant peut-être bonnement qu'il servoit l'amour-propre. Et, par une contradiction inexprimable chez tout autre que lui, tandis que sur la foi de Nostradamus, le nouveau *Copernic* (*) s'empresse d'annoncer à la France, le premier, le plus grand de tous les biens ; une paix glorieuse et durable, sous le règne d'un Empereur aussi long-temps que justement chéri ; il avilit, il dégrade, non pas seulement par une ignorance excusable, mais dès le titre et par esprit de système, ce monument national où reposent de si douces, de *si utiles* espérances, à côté des destinées de la France entière, depuis 1555 jusqu'en 3797.

Pour ce qui me concerne, je ne me plaindrois pas, si avant de tomber dans les mains

---

(*) Voyez la Note à la fin de cette Introduction, pag. 14.

( 4 )

de M. Bouys, je m'étois livré à l'impression. Mon propre texte seroit là pour se défendre et sur-tout pour repousser loin de moi les opinions erronées et les idées extravagantes qu'on serait en droit de me prêter, en me voyant figurer comme collaborateur en apparence bénévole, dans un ouvrage qui paroîtra peut-être, à tous ceux qui le liront, aussi monstrueux qu'il me le paroît à moi-même.

Ma réponse à une lettre dont M. Bouys est si content, qu'il en reproduit la substance deux fois au moins dans son ouvrage, prouvera que non-seulement je n'étois pas imprimé, mais que je ne voulois pas l'être, sur-tout par M. Bouys ; et que je désaprouvois le merveilleux système de cet auteur, long-temps avant qu'il lui prit envie d'imprimer lui-même, en me citant, les résultats très-mal rendus de quelques conversations auxquelles je ne me suis jamais prêté qu'avec répugnance, et sur une matière dont je ne voulois décidément pas entretenir le public.

Cette réponse se trouvera à la suite de l'Essai d'explication de deux seuls quatrains que je livre en ce moment à l'impression, afin de donner une idée de Nostradamus, et de la manière dont il me semble que ses étonnantes prophéties pourroient être expliquées, par celui qui s'impose la tâche difficile de les interpréter.

Le premier est précisément du nombre des quatrains que M. le professeur a le moins mal traités en les pillant. Il pourra faire juger combien les autres ont du gagner sous sa plume.

J'ai choisi le second de préférence , parce qu'il est , au premier coup-d'œil , l'un de ceux qui choquent davantage , dans Nostradamus , quand on ne l'entend pas , et qui étonnent le plus quand on est parvenu à l'entendre.

Il m'a paru que ces deux quatrains , qui ont l'avantage de former chacun un tableau à part , et dont le sens ne dépend pas nécessairement de leur comparaison avec d'autres quatrains sur le même objet , suffiroient pour essayer le goût du public , et pour lui faire connoître Nostradamus uniquement sous le rapport de cette clairvoyance surnaturelle , aussi admirable que rigoureusement constatée , et qu'il faut bien se garder de confondre avec la *clairvoyance instinctive* de M. Bouys.

Le temps viendra peut-être où , montrant Nostradamus au public tel qu'il parut à ceux de ses contemporains qui ont eu avec lui des liaisons intimes , tel qu'il se peint lui-même à la postérité dans ses écrits , analysant son style , et mettant à découvert l'artifice de sa composition ingénieuse et bizarre ; je

ferai tomber le voile qui a dérobé si long-
temps à nos regards nos propres destinées
et même en partie celles des générations qui
nous ont précédé depuis deux siècles et demi.
Mais je manque en ce moment du loisir nécessaire pour donner suite à ce travail dont
tous les matériaux sont prêts. Je me bornerai
à mettre sous les yeux du lecteur les observations suivantes.

Nostradamus assure et prouve , par des
raisons philosophiques auxquelles il joint
l'autorité des Saintes Écritures , que nul
homme ne peut prédire avec certitude les
évènemens particuliers qui dépendent de la
libre détermination des volontés humaines ,
à moins que cet homme ne soit divinement
inspiré , et n'ait reçu l'esprit prophétique.

Il assure aussi qu'il a reçu lui-même ce
don particulier ; il s'en reconnoit indigne ;
et , sur le fondement inébranlable de la prescience divine , il établit la certitude infaillible
de ses prédictions , que par cette raison il a
intitulé *Prophéties*.

Cependant il se tient par-tout à une grande
distance des prophètes de l'ancien et du nouveau testament ; et quoiqu'il insinue assez
clairement , tout en refusant le nom de prophète pour le temps où il écrit , que ce nom
lui sera justement donné quelque jour : il
met pourtant une grande différence entre lui

et les prophètes proprement dits. La source
des prédictions est la même , parce qu'il ne
peut y en avoir deux en pareille matière : ce
sont les célestes et nocturnes apparitions ,
c'est l'inspiration soudaine , c'est une révélation qui a lieu quelquefois sans l'intermède
des sens. Mais à son égard tout se borne à
l'intuition des objets qui n'existent pas encore, et dont les principales circonstances, le
temps , les lieux lui sont montrés, les noms
même quelquefois distinctement prononcés.
Il n'a point la charge d'enseigner , de re-
prendre : il ne réclame aucune assistance
ultérieure qui l'empêche d'errer lui-même
dans les conséquences qu'il pourroit tirer
des faits apperçus , ou dans les jugemens
qu'il en voudra porter.

Toute sa mission paroît se borner à dire
aux hommes : la suprême intelligence vous
observe , elle vous suit jusque dans les
moindres détails de la vie ; elle veut que
vous le sachiez , et mon livre en est la
preuve ; mais la prescience divine ne doit
pas être mise aux prises avec votre liberté ,
et la prophétie devenir pour vous un motif
de vous décider autrement qu'il n'a été
prédit. Vous ne m'entendrez parfaitement,
qu'après que les choses prévues et qui
sont votre ouvrage , seront effectivement
arrivées. Mais alors vous ne pourrez nier de

bonne foi que j'ai vu 100 , 200 , 2000 ans avant votre existence , les résultats de vos déterminations souvent les plus secrètes , les plus libres , ou si vous l'aimez mieux , les plus indifférentes en apparence. Plusieurs d'entre vous s'appercevront que c'est d'eux ou à eux que je parle , lorsque je les appelle par leur nom , moi qui ne sais pas aujour-d'hui quel nom je donnerai à l'enfant dont ma femme doit accoucher.

Au reste dans le compte que Nostradamus rend des objets qui lui ont été divinement présentés ou à l'entendement d'une manière directe, ou aux sens et à l'imagination, *par les diverses , célestes et nocturnes appari-tions lui émouvant le devant de la fantaisie etc. ;* il se livre entièrement à son génie par-ticulier , à un goût héréditaire qu'il appelle *son naturel instinct ,* et qu'il croit avoir reçu de ses *antiquissimes progéniteurs.* Mais il a grand soin d'observer que *ce n'est point du tout en vertu de son naturel instinct qu'il prétend présager ,* quoiqu'il le fasse servir , ainsi que ses longs calculs astronomiques, à décrire et à fixer les époques des évènemens prédits. Cet instinct , ce goût héréditaire étoient un amour passionné pour l'observa-tion des astres , une application assidue au calcul de leurs différens mouvemens , et par suite la prédiction des phénomènes ou apparences célestes qu'ils doivent occasionner. Il s'y joignoit une sorte d'enthousiasme périodique et poëtique qui ne s'assujettissoit point aux règles ordinaires de la poësie, mais qui faisoit exprimer de grandes choses d'un style fort, concis, et nerveux dans des vers que Nostradamus a voulu *un peu obscurément raboter*, par la raison que nous avons touchée ci-dessus.

L'abus de l'astronomie, l'astrologie judiciaire étoit en honneur du temps de Nostradamus, non seulement à la cour des princes, mais les véritables astronomes eux-mêmes, tels que Tyco-Brahé et Kepler, en étoient encore entichés bien long-temps après lui. Nostradamus faisoit de cette vaine science tout le cas qu'elle mérite : et quoiqu'il observe que *l'astrologie judicielle est exceptée par les Saints Canons*, de la condamnation portée contre les généthliaques, les faiseurs d'horoscopes, les devins et tous ceux qui prétendent lire, dans le Ciel ou ailleurs, les destinées des hommes et les résultats de leurs déterminations libres ; ( ce qui renferme l'astrologie dans ses vraies limites, l'observation des météores, les inductions qu'on peut en tirer, les influences incontestables de la lune et du soleil sur les corps sublunaires, espèce d'astrologie que notre auteur paroît avoir cultivée ; ) cependant

il défend expressément aux astrologues ,
de toucher à son livre et de se mêler de l'interpréter. *Omnes astrologi... procul sunto.*

C'est qu'il ne prend d'eux que leur langage
pour exprimer des choses dont la connoissance lui venoit de plus haut , et surpassoit
tous leurs moyens. Mais leur langue existait,
elle était connue , elle pouvoit rendre aussi
bien et quelquefois mieux que la langue ordinaire , les résultats des longs calculs que lui
avoit fait entreprendre son *naturel instinct.*
Il s'en empare et s'en fait un nouveau moyen
d'obscurité qui lui fournit des allusions souvent très-fines et quelquefois sublimes. Son
goût pour l'observation des astres et pour le
calcul de leurs différens mouvemens , lui
suggère de ne pas toujours dire explicite-
ment : « sera faite plus grande persécution
» à l'église de Dieu que ne fut faite en
» Afrique , et durera cette-ci jusques à *l'an*
» *mil sept cent nonante-deux* que l'on cui-
» dera être ( que l'on voudra qui soit ) une
» rénovation de siècle ». Il cherchera par
le calcul, quelle doit être la position respec-
tive des astres à telle époque de cette année
qui lui a été divinement montrée , et il ex-
primera cette position dans le langage des
astrologues. Voilà quelle est cette *astrologie
judicielle* par laquelle , et *moyennant inspiration et révélation divine , il a , par*

*continuelles supputations , ses prophéties rédigées par écrit.*

De ces trois élémens combinés : 1.° l'inspiration divine ; 2.° l'enthousiasme poëtique et périodique joint aux supputations, observations et prédictions astronomiques ; 3.° l'emploi très-fréquent du langage mystérieux des astrologues ; il est résulté le livre le plus bizarre en apparence , mais le plus étonnant et le plus merveilleux , dont tout le fonds est évidemment divin et la fabrique entièrement humaine.

On juge bien qu'un pareil ouvrage ne peut pas être traduit littéralement. C'est une lettre en chiffres écrite à la postérité ; et ce chiffre n'exprime pas toujours le terme propre de la langue usuelle , mais souvent son équivalent emprunté dans l'une de cinq ou six langues étrangères. D'ailleurs le genre même de la composition de Nostradamus exige indispensablement la paraphrase. La plûpart du temps cet auteur obscur par système , peint et ne parle pas ; il jette même un voile demi-transparent sur les objets qu'il a peints , et il en avertit. Ses quatrains , écrits comme *on écrivoit autrefois sur le marbre,* c'est-à-dire sans points ni virgules , sont , et il en prévient lui-même , des *images,* des *simulacres ,* c'est-à-dire des tableaux ou portraits. Ils représentent chacun un objet principal, unique, revêtu des circonstances accessoires relatives au temps, au lieu, à la manière. Mais la langue parlée leur rend nécessairement, dans le discours, les liaisons dont elle-même a besoin, et qu'un tableau historique n'offre point aux yeux sur la toile. Nostradamus, en les supprimant presque toutes dans sa langue factice, paroît avoir quitté la plume pour prendre le pinceau. Cependant la syntaxe latine dont il se rapproche tant qu'il peut, parce qu'elle est avare de liaisons, amie des inversions et des ellipses, fournit un moyen assez ordinaire de construire régulièrement la phrase du *Grand Romain*. C'est ainsi qu'il se qualifie, et l'on voit maintenant pourquoi.

Son style, devenu par cet artifice extrêmement concis, est de plus énigmatique, allégorique et figuré. Il en prévient encore dans sa lettre à *Henry, roi de France second*. La traduction doit donc expliquer les énigmes et les allégories, développer les figures voilées, et montrer dans l'histoire du passé depuis Nostradamus, ou du présent, ou d'un avenir clairement déterminé par les données existantes, l'ame et l'esprit du tableau.

Ne craignez pas que cela vous jette dans le vague ou dans le vaste domaine de l'imagination ; car la syntaxe latine a aussi ses règles, et ses ellipses ont des bornes. D'ailleurs le peintre de l'histoire des siècles à venir a des touches si fières, si vigoureuses, si parfaitement originales, qu'il est impossible de les appliquer à d'autres objets qu'à ceux qu'il a voulu représenter.

D'autres fois ce sont les noms propres en toutes lettres, ou du moins la moitié de ces noms, ou leur traduction d'une langue dans une autre, ou leur anagramme : les dates des années, des mois et des jours, ou patemment, ou sous le voile mystérieux et transparent du langage astrologique, qui remettent sur la voie et ne permettent plus d'en sortir.

C'est dans cet esprit que Nostradamus veut être lu et expliqué, en observant qu'il parle matériellement latin, quelquefois grec, souvent italien, ou le patois de ses personnages, sous l'écorce de son vieux gaulois ; et que pour de très-bonnes raisons qu'il déduit fort au long, ses quatrains ont été brouillés, entremêlés, ou, comme il dit dans son gaulois-latin, *interjettés* à dessein. Le premier devoir qu'il impose à son interprète, est de rassembler et mettre à leur place ces ossemens épars du squelette prophétique, auquel il s'agit de rendre les muscles, la chair, le sang, la vie enfin qu'il paroît avoir perdue.

De là la nécessité de la paraphrase. C'est au lecteur à la juger après qu'il aura été mis, par l'interprète, dans le point de vue précis que cette espèce d'optique exige, et que de lui-même il n'eût peut-être pas rencontré. Il sera toujours sur qu'on ne lui fait point illusion, lorsqu'après de vains efforts pour voir autre chose que ce qu'on lui montre, il se sera justifié à lui-même, s'il est instruit, l'impression qu'il a reçue.

Ces notions sont toutes puisées dans l'auteur lui-même. Il est bon de les avoir présentes, quelque soit le quatrain de Nostradamus que l'on entreprend d'expliquer.

---

*N o t a.*

Lorsque dans la conversation, j'entendois M. Bouys comparer modestement, au système de Copernic, cette idée bleue autour de laquelle il tourne sans relâche : « Les » prophètes n'ont été que des somnambules ou clairvoyans » instinctifs naturels, et quelques-uns auroient eu besoin de » nos magnétiseurs, quoiqu'ils ressemblent si peu à nos magnétisés » ; je prenois cela pour le vertige momentané de la vanité qui se croit en possession d'une grande et sublime découverte. Maintenant que je l'ai lu, il n'y a pas moyen de douter que ce ne soit le dernier mot de cet auteur. Il est non-seulement *Copernic*, mais il est de plus *Galilée*. Aussi nous fait-il présent de deux instrumens qui ont leur prix : le microscope et le télescope magnétique, physique, moral et politique. Aussi est-il démontré que son ouvrage l'emporte, par le mérite du fonds, sur tout ce qu'ont écrit Montesquieu, Voltaire, Buffon, J.-J. Rousseau, &c. Tout cela est imprimé par lui-même. C'est vraiment un grand homme que M. Bouys! Et quoique ses lubies blessent

essentiellement la foi formelle de toutes les sociétés chrétiennes sans exception ; tandis que le système parfaitement
raisonné de Copernic étoit tout au plus en opposition apparente avec quelques textes de l'Ecriture , qui ne formoient
la base d'aucun Dogme solemnellement établi , sur lesquels
aucune Eglise connue ne s'était expliquée , et qui ne disent
au fonds que ce que disent tous les jours ceux qui regardent
cette opinion comme philosophiquement prouvée. Il seroit
pourtant dommage que quelques *théologiens ignorans et
sur-tout de mauvaise foi*, s'avisassent de traduire M. Bouys
à leur tribunal et de l'y déclarer *impie*.

M. Bouys sembleroit annoncer à cet égard quelques
craintes , dans *deux mots de réponse* qui ne répondent à
rien , et qui me sont parvenus pendant l'impression. Qu'il
soit bien tranquille ; sa rare bonne foi saute aux yeux. A
tous les tribunaux du monde elle prouvera de reste son
innocence.

# MORT TRAGIQUE
## *Du Duc de Montmorency.*

### CENTURIE IX.    QUATRAIN 18.

*Le Lys Dauphois portera dans Nancy (1)*
*Jusques en Flandre électeur de l'empire, (2)*
*Nefve obturée au grand Montmorency (3)*
*Hors lieux prouvés délivré à Clerepeyne. (4)*

#### CONSTRUCTION.

*Une nef*, *une grande maison* neuve *ayant été* obturée *exactement fermée* au grand Montmorency délivré , *livré* à Clerepeyne ( c'est le nom de celui qui lui trancha la tête à Toulouse en 1632 ) hors *les ou des* lieux prouvés , *approuvés, consacrés par l'usage ;* le lys *le Roi de France ,* Dauphois *qui fut Dauphin ,* portera *soutiendra étant* dans Nancy , *un* électeur de l'Empire jusques en Flandre.

#### *Trad. litt. lat.*

Nancii degens Delphino-lilium , Electorem Imperii vel in ipso Belgio sublevabit; postquam aliquid novi magno Monmorencio obseratum est , extra loca probata , Clerapænæ dedito.

## EXPLICATION.

*Après avoir fermé avec précaution sur le grand Montmorency, les portes d'un vaste édifice construit récemment, et l'avoir livré à la hache de Clerepeyne, hors du lieu ordinaire des exécutions juridiques ; un roi qui fut dauphin soutiendra dans Nancy les intérêts d'un électeur de l'Empire : il lui fera ressentir, même en Flandre, les effets de sa généreuse et puissante protection.*

(1) *Le lys dauphois.* Le lys, dans le style figuré de Nostradamus, est l'emblême naturel de la France pour tout le temps que les lys devoient y subsister après lui : et par suite c'étoit plus particulièrement l'emblême du Roi, qui seul portoit le lys franc dans son écusson.

— *Dauphois* est la contraction de Dauphinois. Nostradamus a fait cette contraction pour éviter l'équivoque du mot Dauphinois qui eut pu faire entendre que le *lys,* le roi en question, étoit originaire, natif du Dauphiné ; tandis qu'il vouloit qu'on entendit : le lys *delphinisé,* le roi qui fut dauphin avant que d'être roi. C'est comme s'il eut dit en latin : *Delphino-lilium ; ex Delphino Galliæ Rex.* Cette expression, voilée suivant l'usage de l'auteur, étoit une manière ingénieuse et sûre de faire reconnoître

2

le principal personnage du Quatrain. Ni Henry IV , ni Henry III , ni Charles IX , n'avoient porté le titre de Dauphin ; le premier qui le fut avant que d'être Roi , après cette interruption assez longue et remarquable , c'est Louis XIII.

On a voulu déverser sur le Cardinal de Richelieu tout l'odieux de la rigueur extrême exercée contre l'infortuné Montmorency. Nostradamus ne s'y trompe pas. Ce n'est pas celui qui a pris la Rochelle , mais celui qui est entré dans Nancy , c'est le Dauphin-Roi , dont la conduite offre , dans le court espace de moins d'une année , ce contraste frappant et bien digne d'être observé. Il se montre inflexible envers un jeune héros , son prisonnier , et dont les aïeux étoient comptés avec honneur parmi les siens ; il le laisse périr sous ses yeux et sur un échafaud ; il refuse sa grace à la France entière qui la demande en pleurs.... A quelques mois de là , il épouse généreusement la querelle du *prisonnier étranger* d'un prince *étranger* , et dans une terre *étrangère*.

Louis XIII se piquoit d'être juste. Il ne le fut pas toujours : souvent et sur-tout dans l'affaire du duc de Montmorency , dont il paroît que la grâce avoit été promise à son foible séducteur resté impuni , il le fut trop.

— *Portera ;* soutiendra , appuiera ,

protégera. Le mot *porter* avoit autrefois, au figuré, la dernière de ces trois significations , qu'il paroît n'avoir pas conservée aussi pleinement que les deux précédentes. Sous le règne de Louis XIII , le poëte Théophile , choqué de l'air avec lequel un grand seigneur un peu bête lui promettoit de le *porter*, répliqua sur-le-champ :

Monseigneur , je vous remercie ;
Tant d'honneur je n'ai mérité ;
Car si de vous j'étois *porté*,
On me prendroit pour le Messie.

— *Dans Nancy*. Cette ville appartenoit , du temps de Nostradamus , aux ducs de Lorraine , et leur appartint encore près d'un siècle après lui. Mais en 1633 , quelques mois après le supplice de l'infortuné Montmorency , Louis XIII réunit le duché de Bar à la couronne de France ; s'empara de Saint-Mihel et de Lunéville , fit en personne le siége de Nancy , força le duc de Lorraine à mettre cette ville en dépôt entre ses mains , et la garda parce que le duc se trouva , à raison des circonstances , dans l'impossibilité d'exécuter la condition à laquelle le Roi avoit promis de la lui rendre. ( Voyez l'Histoire de France , ou même simplement l'Abrégé chronologique du président Hénault , années 1633 et 1635....)

(2) *Jusques en Flandre*. L'auteur veut donner une grande idée de la puissance de ce Dauphin-Roi qui , livré dans Nancy à des soins très-importans, étend sa protection efficace jusques sur un prisonnier éloigné de lui : mais il veut sur-tout faire remarquer que ce prisonnier est étranger et détenu dans un pays qui n'est pas soumis à la France. La Flandre ne l'étoit pas alors. C'est même à Bruxelles , dans la ville où le prisonnier en question étoit détenu , que le foible Gaston avoit cherché et trouvé un asyle assuré ; et cette observation ajoute quelque chose à l'énergie du mot *jusques* , employé ici par Nostradamus.

— *Électeur de l'Empire*. Le mot *un* est supprimé comme il l'eût été dans le latin , sur lequel l'auteur se moule exactement , même lorsque ses expressions sont françoises. *Un electeur* de l'Empire étoit effectivement détenu en Flandre lorsque Louis XIII soumettoit la Lorraine et entroit dans Nancy. C'est de là que le Roi procura et facilita son élargissement ou plutôt son évasion, et qu'il lui envoya des troupes qui le rétablirent , la même année , dans sa capitale , à Trèves même. Mais , comme si cet électeur étoit né tout exprès pour vérifier , au bout de quatre-vingts ans environ , la prophétie de Nostradamus , et pour mettre dans

tout leur jour les dispositions favorables du
du *lys-dauphois* à son égard ; il est encore
fait prisonnier par les Espagnols , le 26 mars
1635 ; encore amené à Buxelles , et réclamé ,
à titre d'allié fidelle , par Louis XIII. Sur
le refus du Cardinal infant , gouverneur des
pays-bas , de le rendre , le Roi lui envoie
déclarer la guerre par un héraut d'armes.
Cette guerre , dont à la vérité la détention
de l'électeur de Trèves n'étoit que le pré-
texte , fut d'abord funeste à la France. Les
Espagnols pénétrèrent jusqu'à Corbie , et
Paris fut allarmé : elle dura 26 ans.

(3) *Neufve obturée*. Presque toutes les
anciennes éditions portent *neufve* ; et il
paroît que c'est l'orthographe que Nostradamus a suivie. Il écrit souvent de cette
manière l'adjectif féminin *neuve* , et quelquefois aussi il l'orthographie comme nous.
Cependant quelques éditions anciennes lisent
*nefve* : ce qui signifieroit un grand vaisseau,
un grand édifice et sur-tout public ; car
c'est le sens des mots *nef, nave* ou *nefve ,*
chez Nostradamus et les auteurs de son
temps. Il pourroit se faire que le mot *nefve*
fut une variante qui demande à être rap-
prochée de la leçon commune , pour former
un sens complet. C'est un commencement
d'interprétation que Nostradamus a quelquefois préparé à ses lecteurs , et l'on n'en

peut douter, les éditions faites de son vivant, et pour ainsi dire sous ses yeux , en fournissant plusieurs exemples très-remarquables. Ainsi on peut lire : *une nefve neuve* , un grand vaisseau , un grand édifice , une grande maison neuve , ayant été

— *Obturée ;* c'est un mot latin francisé qui signifie bouchée ou fermée très-exactement. Si l'on veut ne voir dans le mot neufve que notre mot neuve sans égard à la variante dont il a été parlé , il y aura nécessairement un substantif sous entendu ; car nous avons deux ablatifs absolus et féminins , dont l'un paroît être un pur adjectif et l'autre un participe passif. Voilà donc une relation énoncée , et le premier terme de cette relation nous manque. Cette locution , insolite en françois , mais très-usitée et même familière dans la langue latine , (*) qui est au fonds celle de Nostradamus, ne pourroit donc acquérir un sens qu'en la rendant par celle-ci : « une chose

---

(*) « Adjectiva quæ sine substantivis facilè intelligi pos-
» sunt, in genere eo atque numero in quibus eorum substan-
» tiva ponerentur , sine iis substantivis velut substantiva
» usurpari solent. » *Sylv. cent.* 2. *cap. 94.*
Térence porte encore plus loin cet amour d'une élégante briéveté. « Volo te paucis. » Il supprime, comme l'on voit, non seulement le substantif *verbis* , mais aussi le verbe *alloqui.* Nostradamus , en l'imitant, n'a pas osé aller jusques-là. Le verbe nécessaire à sa phrase est implicitement contenu dans le participe passif *obturée.*

» neuve ayant été obturée *exactement fer-*
» *mée au* ou *sur le* grand Montmorency. »
Mais une chose neuve fermée à ou sur
quelqu'un et sur quelqu'un livré à la justice,
est nécessairement une prison , une maison,
quelque chose enfin qui a une ouverture
ou une issue quelconque , par laquelle il
pourroit s'évader ou être enlevé. Nous allons
voir tout à l'heure que Montmorency fut exé-
cuté dans la maison-de-ville de Toulouse ,
à huis clos , et cette maison-de-ville étoit
neuve en partie. Le lecteur apprendra dans
l'histoire du Languedoc , que la reconstruc-
tion des édifices de l'intérieur de l'hôtel-de-
ville fut commencée sous la fin d'Henry IV
dont le buste , incrusté dans l'un des murs
de la cour où l'échafaud étoit dressé , fixa
les regards et excita l'attendrissement du
malheureux prisonnier lorsqu'on le conduisit
au supplice. Le confesseur remarqua cette
émotion dans le jeune héros , qui ne donna
jamais aucun signe de foiblesse , et lui en
demanda la cause. « Mon père , répondit-
» il , je regarde la figure de ce monarque
» qui a été très-bon et très-généreux. » Il
paroît même que les constructions n'avoient
été achevées que sous Henry II de Montmorency lui-même , gouverneur du Languedoc. C'est dans les prisons de cette
maison-de-ville qu'il a été détenu ; c'est

dans son enceinte qu'il a été décapité , porte close.

— *Au grand Montmorency.* Henry II de Montmorency , le chef de son illustre famille , Duc , Pair et Maréchal de France , blessé à la rencontre de Castelnaudary , le 1.<sup>er</sup> septembre 1632 , et pris les armes à la main contre son prince , fut condamné à Toulouse , par arrêt du 30 octobre suivant, à avoir la tête tranchée en place publique. L'arrêt fut rendu à l'unanimité. Peut-être que les juges partageoient le desir et l'espérance du peuple qui s'attendoit à une commutation de peine. Mais Louis XIII fut inexorable. Seulement il ordonna que l'exécution fut faite non pas sur la place du palais , lieu ordinaire des exécutions , et indiqué par l'arrêt lui-même ; mais dans une cour de l'intérieur de la maison-de-ville. Voici les détails qu'a donné sur ce triste et tragique évènement un auteur contemporain ( le chevalier de Jant ) , témoin oculaire , à en juger par son style ; mais qui du moins paroît avoir pris sur le lieu même de la scène , les renseignemens les plus positifs :

« Monsieur , frère *de feu* Louis XIII , » ayant reçu de Sa Majesté quelque petit » mécontentement , fut en Languedoc pour » y faire une révolte , là où il trouva M.

» le duc de Montmorency qui en étoit gou-
» verneur pour le Roi ; lui communiqua
» son dessein , et , dans une assemblée des
» États tenue à Beziers , ledit Duc s'en dé-
» clara le chef , et fit arrêter les députés
» qui y étoient pour Sa Majesté. Le Roi
» aussitôt fit saisir à Paris tous ses meubles ,
» et l'on y trouva d'argent 500 cinquante
» mille livres que l'on devoit lui envoyer.
» L'armée du Roi étant près de Castelnau-
» dary , celle de Monsieur y étoit aussi , à
» demi-lieue l'une de l'autre. Monsieur de
» Montmorency , par une bravoure , se
» détacha à la tête de cent mousquetaires
» et fut attaquer l'armée du Roi : mais
» s'engageant trop dans le combat , il fut
» blessé dans le visage par le sieur de Beau-
» regard , et son cheval étant tué sous lui ,
» il fut obligé de crier *Montmorency*.
» Aussitôt il fut saisi et porté sur une échelle
» audit Castelnaudary , de là à Lectoure.
» Le 22 octobre 1632 le Roi arriva à
» Tholose et y fit venir ledit duc de Mont-
» morency où il fut conduit à la prison de
» la maison-de-ville. Les rues par où il
» passoit étoient toutes bordées de soldats ,
» et quarante mousquetaires armés de toutes
» pièces suivoient le carosse dans lequel il
» étoit. Le même jour les commissaires l'in-
» terrogèrent et lui demandèrent s'il n'avoit

» pas signé la délibération des États du
» Languedoc le 22 juillet, dans laquelle il
» appeloit M. le duc d'Orléans à leur pro-
» tection. Il le nia, disant qu'on avoit
» contrefait son signe, quoique *le greffier*
» *Guillemet* le lui soutint. Les commissaires
» l'interrogèrent sur plusieurs autres ar-
» ticles, dont il en avoua quelques-uns et
» nia les autres.

» Le 29, tous les gens de guerre qui
» étoient aux environs de Tholose y en-
» trèrent ; et le 30, dès deux heures du
» matin, *on entendit* battre le tambour. Sur
» les huit heures ledit duc fut transféré au
» palais, et dans le parquet on le fit mettre
» sur la sellette, en l'interrogeant de rechef.
» Il confessa avoir signé la délibération des
» États, etc., et fut remené à la maison-
» de-ville. Tous les juges, d'une commune
» voix, opinèrent à la mort. On avertit
» le Roi de l'arrêt, et que l'exécution
» devoit se faire en place du palais. Le Roi
» changea le lieu, et voulut que ce fut dans
» la maison-de-ville, porte close. Sur le
» midi deux commissaires lui furent lire son
» arrêt dans la chapelle.

» Tout ce jour-là fut employé en prières
» pour le Duc. La Reine-mère en écrivit
» au Roi : madame la princesse de Condé
» *vint* à Tholose, M. le Prince s'en mêla,

» les Vénitiens même le demandèrent pour
» eux ; mais tout cela fut inutile. A deux
» heures après midi il fut mené dans la cour
» de la maison-de-ville où étoit un échafaud
» *de quatre pieds de hault*, là où étant
» il demanda à M. de Cardillac s'il n'y avoit
» pas de grâce : il lui répondit que non.
» Aussitôt fit ses adieux et se fit bander les
» yeux. Puis d'un seul coup l'exécuteur
» nommé *Clairepeine*, lui abattit la tête ».

(4) *Hors lieux prouvez*, « extrà loca
» probata » hors des lieux approuvés, consacrés par l'usage et désignés par l'arrêt lui-
même. *Prouvez* est une aphérèse familière
à Nostradamus et imitée des Latins. *Tulit*
pour *retulit*, *probavit* pour *approbavit*, etc.

— *Délivré à Clerepeyne*. Délivré est ici
employé au lieu de livré, *remis entre les
mains de*, et l'est encore quelquefois dans
l'usage actuel. Délivrer une somme, c'est la
compter à celui à qui elle appartient, et spécialement en vertu d'un titre ou d'un juge-
ment exécutoire. — *A Clerepeyne*. Ce mot
ne rime point avec *Empire*; mais cela même
ne manifeste que mieux l'intention expresse
de l'auteur de l'employer de préférence à tout
autre, et ajoute à la surprise. L'oreille
oublie facilement le besoin de la rime,
quand l'esprit est épouvanté par la rencontre
inattendue de ce Clerepeyne qui abbattit

d'un seul coup la tête de l'homme de France le plus aimable , le plus brave et le plus magnifique , 77 ans après la prophétie qui burina son odieux nom à côté du nom fameux et justement chéri de l'intéressante victime.

L'expression *délivré* , qui paroît d'abord singulière , a ici une énergie et une destination qui lui sont propres. Elle force le lecteur de chercher un agent quelconque auquel Montmorency est livré comme chose à lui appartenante , ou auquel on l'abandonne pour en disposer. Nostradamus n'eût pas dit : *délivré à la peine* ; il a pu dire et il a dit : délivré à Clérepeyne.

Qu'on ne dise point , c'est une addition faite après-coup. Toutes les éditions , sans en excepter une seule , sont ici conformes ; et je copie littéralement celle de 1558 , chez P. Rigaud père , à Lyon.

Ce Quatrain est un de ceux qui renferment , sous un laconisme effrayant , le plus de traits prophétiques accumulés. Imaginez un tableau qui représente le malheureux *duc de Montmorency* avec son nom en toutes lettres de peur qu'on ne s'y méprenne , tombant *à huis clos , ailleurs que dans la place publique* , sous le fer de *Clerepeyne* , et sous les yeux du *Dauphin-Roi* , lequel étant entré peu de temps après *dans Nancy* , protège très-utilement *un Electeur de l'Empire* , prisonnier *en Flandre*. Ne retenez si vous voulez que les noms de *Montmorency* , de *Clerepeine* , de *Lys-Dauphois* , de *Nancy* , de *Flandre* et d'*Electeur de l'Empire*. Négligez les liaisons en partie commencées et en partie complettes que le quatrain vous fournit ; et demandez-vous si vous pouvez trouver ailleurs que dans l'histoire très-exactement apperçue 77 ans avant l'évènement , la cause de tous ces noms rapprochés dans un seul cadre , et le lien qui les unit.

Si vous me dites que c'est le hasard qui a produit cette singulière rencontre , je ne m'amuserai pas à disputer contre le Dieu inconnu que vous mettez tout doucement à la place du Dieu véritable ; mais vous me permettrez de trouver que le vôtre est lui-même bien clairvoyant. Et si j'ai quatre ou cinq cents fois occasion de vous faire la même question sans sortir des limites du temps qui s'est écoulé depuis Nostradamus jusqu'à nous , me ferez-vous quatre ou cinq cents fois la même réponse ?

———

Les précédens commentateurs de Nostradamus étant tous partis de l'opinion fausse que pour l'ordinaire , chaque quatrain des centuries énonçoit lui seul des évènemens relatifs à des époques différentes et fort éloignées les unes des autres ( système assurément fort commode pour cacher son ignorance et faire des centons , mais formellement réprouvé par l'auteur lui-même ) ; il en est résulté que , négligeant et remettant à des temps plus reculés ce qu'ils n'entendoient pas dans celui-ci , ils n'y ont vu que le nom *de Montmorency* et celui de *Clerepeyne ;* et dans ces deux mots , ils ont lu avec une admiration. pleine d'horreur et partagée par leurs contemporains , la sanglante tragédie du 30 octobre 1632. Le seul curé de Louvicamp , qui présenta sa *Clef de Nostradamus* à Louis XIV en 1710 , s'est apperçu que ce quatrain avoit en outre du rapport avec les affaires du même temps. Il a entrevu la vérité. Ce bon curé avoit de l'instruction et s'étoit livré pendant vingt ans à des recherches sur Nostradamus , la plupart infructueuses , mais qui supposent une critique assez saine et un grand amour de la vérité. Il dit avec une entière assurance , comme tous ses prédécesseurs , malgré l'affectation qu'il met d'ordinaire à s'en écarter , il affirme , dis-je , positivement que *Clerepeyne* étoit le nom de celui qui abattit la tête du jeune et malheureux guerrier.

La traduction anglaise de Nostradamus ,

par un médecin de la société de Londres, dédiée au duc de Cumberland ; vol. *in-folio*, qui se trouve à la bibliothèque impériale, et qui contient des notes tirées de trois ou quatre commentateurs précédens, annonce des recherches particulières auxquelles on parut donner quelque prix dans le temps. Et l'auteur et les commentateurs qu'il cite, assurent unanimement que cet homme s'appeloit *Clerepeyne*.

Je ne parle pas du très-gascon et très-crédule M. Guinault, gouverneur des pages. Son ouvrage, dédié à Louis XIV, n'a de mérite que quand il pille cavalièrement ses devanciers sans les citer. Ce qu'il y met du sien n'est ordinairement ni vrai ni heureusement trouvé. Il n'a pas voulu voir Montmorency là où il est écrit en toutes lettres, et il dit fièrement, lui seul contre tous, 60 ans après l'évènement, que le bourreau qui trancha la tête à M. de Montmorency s'appeloit *Crocodile*. C'est le nom de convenance que Nostradamus donne en général aux assassins de guet-apens, parce que le crocodile est un animal éminemment homicide, qu'il s'élance à l'improviste sur sa proie, et que le mot d'assassin lui-même vient du Levant dont le crocodile rappelle l'idée. En conséquence c'est aussi le nom qu'il donne à l'exécrable assassin d'Henry IV, et le sixain d'où il est tiré par M. Guinault, est précisément celui qui prédit la fin malheureuse de ce Monarque. Mais M. Guinault n'en savoit pas davantage.

Il est sans doute très-naturel de ne voir que des commentateurs de Nostradamus s'occuper du nom de Clérepeine et de celui qui le porta ; cependant , moins pour compléter la conviction du lecteur que pour satisfaire entièrement sa curiosité , j'aurois désiré trouver ailleurs quelques traces authentiques du même fait. Je m'étois donc proposé d'écrire à Toulouse au sujet de ce Clerepeyne , pour savoir si on le rencontreroit sur les registres du greffe criminel à peu-près à l'époque de 1632. Il me sembloit que si ces registres existoient , le nom de l'exécuteur des jugemens criminels devoit y être , au moins à la date de ses provisions ; car les arrêts ne désignoient l'exécuteur que par ses fonctions et jamais par son nom , ce nom voué , ainsi que la personne , à une sorte d'infamie légale , dans la vue d'aggraver moralement la peine.

Mais j'ai reconnu que toute recherche seroit vaine au sujet de l'individu appelé Clérepeyne , ou Clérepeine , ou Clairepeine , ou Clairepaigne ; car son nom est orthographié de ces quatre manières différentes par les auteurs qui s'en sont occupés lorsque

l'évènement étoit encore récent. Deux sont
du pays : l'anonyme qui écrivoit en 1656 ;
et le chevalier de Jant, qui adressa à Louis
XIV, en 1673, des remarques sur Nostradamus, insérées depuis dans quelques éditions, et notamment dans l'édition de Rouen
en 1710, chez Besogne. Le style de ce militaire paroît un peu vieux pour son temps :
c'est qu'il était déjà vieux lui-même en 1673,
puisque dans un autre ouvrage de la même
année, il gémit de ne pouvoir suivre le Roi
en Hollande, et se voit, dit-il, avec dou-
leur réduit à lever les mains au Ciel, comme
Aaron, tandis que l'on combattra dans la
plaine.

Or, le chevalier de Jant, homme instruit,
versé dans l'histoire, antiquaire et garde
des médailles de Monsieur, plus à portée
que personne de donner les détails d'un
évènement qui s'était probablement passé
sous ses yeux, dit, il est vrai, dans la note
que j'ai citée en entier, et qui paroît ne
pouvoir être attribuée qu'à un témoin
oculaire : *l'exécuteur nommé Clairepeine,
d'un sul coup lui abattit la tête*. Mais
dans son ouvrage, tel qu'il fut d'abord
présenté à Louis XIV, ( c'est un livret de
quelques pages imprimé en 1673 et qui se
trouve à la bibliothèque de l'Arsenal ) cet
auteur nous apprend lui-même, page 12,

que Clairepeine étoit *un soldat*, en sorte qu'il paroît l'avoir appelé l'exécuteur, et avec raison, uniquement parce qu'il exécuta l'arrêt prononcé contre M. de Montmorency.

L'anonyme plus ancien que lui avoit dit aussi en 1656 : *Clairpeigne*, le *bourreau de M. de Montmorency*. Il n'avoit pas dit *Clairpeigne le bourreau de Toulouse*. Il est en effet possible, et même très-vraisemblable que, par un reste d'égards pour l'illustre coupable, un *soldat* ait été chargé de prêter à ce rigoureux ministère, une main plus assurée, et qui du moins paroissoit ne pas flétrir la victime. Pour ces ames nobles et fières que l'ambition égara quelquefois dans des temps d'agitation et de trouble, le seul attouchement de l'homme légalement infâme, étoit un supplice plus insupportable que la mort même.

Louis XIII le savoit, et voulant paroître accorder quelque chose aux pressantes sollicitations qui lui étoient faites de toutes parts au sujet du duc ; il répondit à la famille éplorée : « Voici tout ce que je puis » faire pour lui ; dites-lui que le bourreau » ne le touchera pas, ne lui coupera pas » les cheveux, ne lui rabattra pas la corde » sur les épaules, ne le liera pas, et qu'on » ne fera que lui couper la tête ». Gardons-nous de penser que la famille , et Montmorency lui-même n'ayent attaché aucun prix à cette triste et dernière faveur : ce seroit mal connoître l'esprit du temps , et faire , d'une réponse mêlée de quelque bonté dans l'intention du Monarque , une plaisanterie également atroce et ridicule.

Cependant Montmorency eut les cheveux coupés et fut attaché par celui-là même qui fit ensuite tomber sa tête. Il tendit les bras à la corde fatale , et rendant au confesseur le Crucifix qu'il tenoit dans l'une de ses mains : *Prenez , mom père , lui dit-il , il n'est pas juste que l'innocent soit lié avec le coupable.* La conséquence naturelle de ces deux faits également certains , se trouve toute entière dans cette assertion positive du chevalier de Jant : *Clerepeyne était un soldat ;* et on le sût , puisque cet auteur contemporain nous le dit sans chercher à se mettre en preuve.

On n'avoit pas eu les mêmes égards pour le maréchal de Biron , sous le règne précédent. Ce qui le mit en fureur , ce fut de voir approcher l'exécuteur en titre , pour le lier et lui couper les cheveux. *Non , dit-il , en jurant et blasphémant , je ne le souffrirai jamais. Ne se trouvera-il pas ici quelque brave homme de soldat qui me prête une épée ?* Il croyoit sans doute que les longs services dont sa vanité excessive et fougueuse lui exagéroit encore l'importance , devoient lui obtenir du moins ce ménagement personnel et respectueux que la reine d'Ecosse avoit réclamé fièrement , ordonné même sur l'échafaud , malgré sa touchante et majestueuse résignation.. *Retire-toi ,* dit-elle au bourreau qui se présentoit pour lui lier les mains et lui couper les cheveux , *retire-toi , je n'ai point coutume de me faire servir par un pareil gentil-homme.*

Quoiqu'il en soit , le témoignage uniforme de quatre écrivains , dont deux touchoient à l'évènement , me semble suffisant pour établir que l'individu qui trancha la tête à M. de Montmorency s'appelait *Clerc-peyne ;* sur-tout quand je considère que leurs différentes orthographes prouvent qu'ils ne se sont pas copiés et qu'ils n'étoient que l'écho de la voix publique dont chacun d'eux figuroit le son à sa manière en le transmettant par l'écriture. Autrement leur orthographe eût du se trouver uniforme comme celle de Nostradamus l'est elle-même dans tous les imprimés de leur temps.

Si quelque chose pouvoit me faire douter de l'existence et de l'intervention d'un individu appelé Clerepeyne au supplice de M. de Montmorency , c'est que cette existence et cette intervention n'ajoutent rien au merveilleux du quatrain. Le seul nom de Montmorency, dans les circonstances où il se trouve placé, répand autour de lui un jour funeste qui éclaire l'horrible catastrophe. Si le mot Clerepeyne n'indique pas, par son nom propre et appellatif celui qui la termine, il le désigne nécessairement par l'horrible fonction dont il fut chargé. Dans un siècle qui connoissoit des clercs du secret ( des secrétaires ), des clercs d'office ( des officiers de table ), des clercs d'armes, des clers-port ou clercs du port, des clercs de l'œuvre ( des marguilliers ), et des clercs du guet, etc. ; le ministre de la peine personnifiée, fonctionnaire établi par un corps où tout alors étoit *clerc* jusqu'au geolier, a pu se trouver désigné sous le nom de *clerc-peine*. Le changement du *c* final en *é* dans l'écriture cursive est si ordinaire, qu'on ne pourroit se refuser à l'admettre s'il devenoit nécessaire pour expliquer un passage où tout indiqueroit cette légère et involontaire altération.

Mais cette dernière observation prouve seulement que Nostradamus, qui a composé ses quatrains avec un art infini, s'est souvent arrangé de manière à préparer au lecteur, après l'évènement, une explication plausible qui, sans le mettre d'abord en possession de la vérité toute entière , l'y conduit graduellement en le forçant de s'instruire du fait qui lui est inconnu , et dont la juste application lui donne enfin le mot de cette espèce d'énigme. Par exemple , pour nous qui aurions à jamais ignoré ce *Clere-peine* , si des commentateurs obscurs ne l'avoient conservé à la postérité peu curieuse d'aller puiser chez eux de pareilles connoissances ; c'est la signification possible du mot lui-même qui commence par mettre d'accord entr'elles toutes les parties dont ce quatrain se compose , et que l'histoire , soigneusement interrogée , nous a fait discerner. Les premiers commentateurs , au contraire , uniquement frappés du rapprochement étonnant de ces deux noms propres qui leur étoient l'un et l'autre également connus , ne cherchoient rien au-delà de ce trait épouvantable de lumière. Ils n'ont pas dit comme nous : *Le Lys-Dauphois* c'est Louis XIII entré *dans Nancy* et devenu *le protecteur* très - chaud de *l'électeur de Tréves* , prisonnier *en Flandre* , *après avoir obturé* une prison *neuve au* ou sur le *grand Montmorency livré* à Clerepeyne , peut-être *Clerc-peine* (le ministre de la peine prononcée par les lois ). Mais ils ont dit : « Voilà le grand Montmorency , voilà » Clerepeine cet exécuteur , ce soldat qui

» en a fait l'office , et que nous savons tous
» qui lui a tranché la tête d'un seul coup :
» Nostradamus a donc vu 77 ans avant
» nous , et le bourreau et la victime ; il les
» a appelés par leur nom ! » Tout le reste
du quatrain étoit comme non avenu à leur
égard. L'individu Clerepeyne en étoit pour
eux la véritable clef ; il leur disoit effectivement tout ce qu'ils étoient curieux d'ap-
prendre. Ils s'en tenoient là ; et c'est à mon
sens une grande preuve que Clerepeyne a
réellement existé. Tant de gens l'ont dit
avant moi , sans avoir éprouvé la plus
légère contradiction , lorsque le fait étoit
encore récent et que leurs écrits , quelqu'en
soit le mérite au fonds , étoient dans les
mains de tout le monde , notamment dans
le lieu où cette scène sanglante s'est passée !

Pourquoi ne voudroit-on pas que Nostradamus ait apperçu et nommé Clerepeyne ?
il a bien vu et nommé M. Sausse !

# LE CHIEN.

## CENTURIE III.   QUATRAIN 44.

*Quand l'animal à l'homme domestique*
*Après grands peine et sault viendra parler ;*
*De foudre à vierge sera si malefique*
*De terre prinse et suspendue en l'air.*

### SENS APPARENT.

« Quand l'animal qui sert l'homme et vit
» avec lui en état de domesticité sera , après
» beaucoup de peines et de saults , parvenu
» à parler ; ô qu'il sera malfaisant par la
» foudre ! — O qu'il fera de mal avec ou
» par le moyen de la foudre , à une vierge
» qui a été prise de terre et suspendue dans
» les airs ».

### NOTE.

Ce Quatrain est un de ceux où Nostradamus paroît , au premier coup-d'œil , non
seulement au-dessous de lui-même , mais
encore au-dessous de tous les plus plats
conteurs de sornettes qui jamais se soient
mêlés d'écrire. Un animal domestique de
l'homme qui parle après grands peine et
sault ! On ne voit pas trop ce que les saults

peuvent y faire , mais on sent aisément la peine que doit donner une pareille éducation. Quelques oiseaux apprennent facilement à parler : et ce n'est point en sautant , c'est au contraire dans le recueillement le plus entier et loin de toute dissipation qu'ils parviennent à s'instruire. Ce sont d'ailleurs des esclaves intéressés qui flattent et caressent le maître sans l'aimer. Leur babil même ne leur est bon à rien. Ce sont les joujoux de la maison. Ils n'en sont pas les serviteurs ou les gardiens fidelles. Supposons donc , pour trancher toute difficulté , que c'est au chien et non pas à un oiseau , ou bien encore au cheval , au bœuf , à l'âne , que Nostradamus fait faire , et plus fructueusement , le même cours d'études que Molière au Bourgeois gentil-homme. Et puisque Leibnitz raconte quelque part avoir vu un chien si bien élevé qu'il répétoit comme un écho les paroles ( je crois monosyllabiques ) de son maître ; admettons aussi que pareil phénomène se reproduira quelque jour avec des circonstances qui rendront la chose plus merveilleuse encore : nous n'en serons pas plus avancés pour cela. Car voilà l'animal sauteur et parleur qui s'empare du tonnerre et qui le dirige avec une malheureuse et criminelle adresse contre une pauvre jeune fille , apparemment possédée , et que le malin tient suspendue dans les airs. Si elle n'étoit que pendue , elle pourroit être morte et bien morte : en ce cas l'action du nouveau jupiter seroit un passe-temps in-décent et peu digne de la brillante éducation qu'il a reçue ; mais elle ne seroit pas *malé-fique* ou malfaisante.

Que veut donc dire Nostradamus avec son chien qui apprend si difficilement à parler en sautant , et qui , après avoir bien sauté et parlé , et précisément parce qu'il a fait l'un et l'autre, dirige méchamment la foudre sur cette vierge déjà si malheureuse qu'on a enlevée de terre et suspendue en l'air ? — Ne le demandez pas à Chavigny , à l'anonyme , au solitaire ; ils n'en savent rien : ne le demandez pas même à M. Gui-nault, gouverneur des pages de la chambre de Louis XIV , quoique ce dernier inter-prète ait cru pouvoir l'expliquer à son maître. Mais de pareils tours de force avoient mis en défaut et toute sa science et toute la malice de ses pages. Demandez-le donc à Nostra-damus lui-même , et si vous avez su lire , il vous répondra , j'en suis sûr.

« Lorsque le Chien ( ce nom n'a rien
» d'effrayant ; c'est l'ami, le domestique
» fidelle de l'homme ) ; cependant , lors
» qu'après bien des essais infructueux, le
» Chien , docile à la main qui le dirige ,

» tendant lui-même tous ses ressorts et dou-
» blant leur énergie par une marche rétro-
» grade, s'élancera au-delà du point de son
» repos, s'abattra brusquement et se sera
» fait entendre ; le tonnerre qu'il réveille
» et qui lui répond fera bien du mal à *Ju-*
» *ventas*, à la vive et brillante jeunesse ».

Pour mettre le lecteur à portée de sentir la justesse de cette interprétation qui l'étonne peut-être ; je dois lui rappeler d'abord que Nostradamus parle par *obnubilée perplexe* et *énigmatique sentence* ; que les allégories continues, les jeux de mots, les métaphores, sont constamment employés par lui pour ne montrer que la moitié de ce qu'il veut dire, et laisser deviner l'autre : qu'afin de parvenir à son but, il met tout à contribution ; chimie, astronomie, astrologie, médecine, langues mortes, langues vivantes, ( je dis même vivantes après lui ) histoire sacrée, profane, mythologie, géographie, chronologie, et tout ce qui a jamais pu entrer de connoissances dans une tête humaine. Après quoi je demandrai la permission de conter une historiette et une histoire.

L'historiette est un peu ancienne ; mais Nostradamus lui-même commence à se faire vieux ; la voici :

Jupiter ne pouvant s'accommoder de l'humeur altière et intraitable de Junon,

résolut , pour la punir , en respectant néan-
moins le lien conjugal , de faire des enfans
tout seul. Sa cuisse accoucha de Vulcain ,
et sa tête donna naissance à la chaste Minerve. Junon , souveraine de l'air , l'air
elle-même comme on sait , voulut prendre
sa revanche. Elle boudoit Jupiter et tous
les dieux. Ses superbes dédains s'étendirent
au nectar, à l'ambroisie. Dans un repas que
donnoit Apollon , elle ne voulut toucher à
rien et ne se laissa tenter que par une salade
de laitue sauvage. Elle prit tant et tant de
cet aliment terrestre , que la fière déesse
jusques-là stérile , devint grosse à la fin sans
que Jupiter s'en mêlât. La belle et toujours
jeune Hébé , surnommée par cette raison
*Juventas* ou *la Jeunesse ,* fut le fruit de
cette chaste intempérance. On en fit un
échanson qui eut sa place parmi les immor-
tels. Elle présentoit aux dieux le Nectar ,
et sa gaieté , sa légèreté , ses grâces , don-
noient au nectar un nouveau prix. Mais la
jeunesse est étourdie. Un faux pas manqua
la perdre , et la précipita dans une disgrace
qu'elle eût éternellement pleurée , si le généreux Hercule ne l'eût reconciliée avec
l'olympe, et fait asseoir à ses côtés en s'unis-
sant à elle par un lien indissoluble. Voilà
l'historiette ; et ceux qui seront curieux de
la lire en latin , la trouveront dans *Servius.*

Ils y verront que l'accident qui exila pour un temps *la jeunesse céleste* du séjour de l'Empyrée, n'arrivera surement point à cette jeunesse françoise qui, fière du nom de sa mère comme Hébé, comme elle aussi, compagne inséparable d'un Héros (*) invincible, brille du reflet de sa gloire, et boit avec lui à la coupe de l'immortalité.

Hébé montra très-innocemment.... Mais passons à l'histoire. Voici ce qu'elle nous apprend : Les armes à feu sont d'invention moderne. Les canons précédèrent de quelque temps les arquebuses, les carabines, les pistolets et les mousquets ; et toutes ces machines meurtrières ne se perfectionnèrent qu'à la longue. Les carabines étoient excessivement pesantes : deux hommes suffisoient à peine pour les porter. Les arquebuses et les mousquets eux-mêmes étoient d'un poids si incommode, que pour ajuster, on les posoit ordinairement sur des fourches de fer supportées par un pieu fiché en terre pour l'infanterie, ou fixées à la cuirasse et à l'arçon du cavalier. Presque toutes ces armes, et même une partie de celles qui se montoient à *rouet*, telles que certaines arquebuses, les pistolets du même âge, ensuite

---

(*) Notradamus appelle assez ordinairement *Napoléon Bonaparte* Ogmiôn ou Ogmios. C'est au rapport de Lucien, le nom de l'Hercule gaulois.

le mousquet , recevoient le feu par une mèche dont l'extrémité allumée paroissoit sortir de la gueule de ce que nous appelons aujourd'hui le *chien*, autour duquel le reste de la mèche s'entortilloit et formoit plusieurs circonvolutions. On lui donna le nom de *serpentin*, moins à raison de sa forme ou de l'entortillement du reste de la mèche , qu'à cause de cette langue enflammée et si pernicieuse , qu'il paroissoit darder en sifflant et qui étoit l'avant-coureur de la mort. Un nom si justement appliqué ne devoit pas être changé , et ne le fut pas en effet tant que les arquebuses , les mousquets et les pistolets anciens furent en usage.

Quelquefois aussi le *serpentin*, des moins lourdes de ces armes , portoit une pierre à feu qui, tombant avec lui sur la roue d'acier placée au-delà du bassinet , enflammoit l'amorce lorsque la chaîne qui environnoit la roue, attiroit, par l'une de ses extrémités, le serpentin , et reculoit en même temps , par l'autre , une plaque de cuivre engagée dans une rainure , et qui couvroit la poudre contenue dans le bassinet. La roue dont on vient de parler avoit à son axe mobile un ressort intérieur qui se tendoit par le moyen de l'axe lui-même , à l'aide d'une clef semblable , à beaucoup d'égards , à celles des plus grosses pendules. Au moment de la détente , opérée aussi par une gachette , **la** pierre à feu du serpentin rencontroit la roue d'acier contre laquelle elle pouvoit donner des étincelles proportionnées à la force avec laquelle le serpentin avoit été attiré. Mais en général le serpentin garni de sa mèche allumée étoit le plus en usage , excepté pour quelques mousquets , les arquebuses à giboyer et les pistolets du même âge. De quelque manière qu'on s'y prit pour mettre le feu à l'amorce , par le moyen du *serpentin* , c'étoit toujours la chaîne , la roue et son ressort qui agissoient : la force active étoit extérieurement appliquée à la roue , et l'arme s'appeloit , par cette raison , arquebuse , pistolet ou mousquet , *à rouet*. On avoit déjà connu auparavant des arcs *à rouet* qui se tendoient par un mécanisme à peu-près semblable , et qui firent peut-être donner à l'arquebuse le nom qui lui est resté. On sent que rien de tout cela n'étoit bien expéditif et que de pareilles armes devenoient souvent plus embarassantes qu'utiles.

Les choses étoient en cet état du temps de Nostradamus. On ne connoissoit pas même de nom le *chien* proprement dit en fait d'armes à feu ; ni la manière ingénieuse de le reculer du point de son repos pour augmenter la rapidité de sa course , ni la manière , plus ingénieuse encore , de tendre ,

par un seul mouvement du chien , tous les
ressorts qui doivent concourir à chasser le
chien lui-même avec une force considéra-
blement augmentée lorsqu'il parviendra au
bassinet, après avoir passé , et pour ainsi
dire , sauté par dessus le point où il étoit
précédemment stationnaire. Tout cela ne se
fit que peu à peu , après de longs tatonne-
mens ; et Mallebranche , qui admire avec
raison une machine si industrieuse et si récemment perfectionnée , est tout étonné
qu'on n'en connoise point l'auteur.

La vérité est que le *fusil* qui a fait prendre
une nouvelle face à l'artillerie , et le *chien*
du fusil sont de même date. Celui-ci a suc-
cédé au serpentin , l'autre aux carabines ,
arquebuses et mousquets anciens. Le pistolet d'un pied se débarassa dans le même
temps de sa roue , de sa chaîne et du dan-
gereux reptile. Or le fusil n'a été inventé
qu'en 1630 en France , et ne fut substitué
qu'en 1671 aux mousquets dont l'infanterie
elle-même étoit encore armée seulement en
partie : le reste ne portoit que des piques ,
quoiqu'on commençât dès lors à connoître
le *fusil de chasse* dont l'ordonnance de
1669 fait la première mention plus de cent
ans après la mort de Nostradamus.

Réunissons maintenant l'historiette à l'histoire , et nous verrons que Nostradamus ,

le plus extraordinaire de tous les écrivains, de ceux du moins dont le style est purement humain ; a voulu nous donner un échantillon de l'art vraiment unique, avec lequel il sait cacher, sous une enveloppe demi-transparente, mystérieuse, allégorique, énigmatique et bizarre, les choses les plus propres à étonner la postérité ; en lui faisant connoître qu'il voyoit distinctement, et savoit appeler quand il le vouloit par leur nom, les objets qui n'existoient pas encore de son temps, et dont les dénominations purement arbitraires, données même sous certains rapports à contre-sens, ne devoient avoir lieu qu'un siècle ou deux après sa mort.

Assurément cet animal domestique qui provoque et fait tomber la foudre après avoir sauté et parlé, est le chien du fusil, qui, s'élançant impétueusement sur la batterie, découvre le bassinet, enflamme la poudre contenue dans la partie du canon appelée *tonnerre*, et fait auparavant un bruit que l'on sait être avant-coureur de la foudre. Ce bruit est un langage bien énergique. Les bêtes même ont appris à l'entendre ; et les poëtes en possession d'accorder le don de la parole aux objets inanimés, n'en ont jamais fait une plus juste application. Nostradamus est poëte aussi et qui plus est prophète. Son style est figuré, mais n'en est pas moins

4

clair en cette occasion. La périphrase ,
*animal domestique de l'homme ,* est mise
évidemment pour le mot propre , et n'en
prouve que mieux que l'auteur eût pu parler
comme nous s'il l'avoit voulu. Enfin , après
avoir joué sur le mot chien par la peinture
de ses mœurs et de ses habitudes , mises
d'une part en contraste et de l'autre en pa-
rallèle avec les mœurs et les habitudes ap-
parentes et analogues d'un autre chien qui
n'est pas l'animal domestique ; il joue une
seconde fois sur le mot de *jeunesse ,* en
montrant dans cette vierge foudroyée par
le mauvais chien , *la jeunesse* par excellence ; et en indiquant rapidement au
lecteur la naissance mémorable d'Hebé ,
appelée par ses chers Romains , *Juventas ;*
cette déesse dont la première origine est
terrestre , la demeure céleste , et qui est la
patronne et l'emblême de tout ce qui porte
son nom sur la terre.

Cette manière est originale et singulière :
mais avec tout cela il faudra finir par dire:
« On ne peut nier de bonne foi que Nostra-
» damus a vu en 1555 , que le *serpentin*
» de son temps , deviendroit le *chien* de
» l'arme à feu la plus usuelle près de cent
» ans après lui ; et que ce chien qui parle
» avant de mordre , rendroit cette arme qui
» lance la foudre , infiniment plus dange-

» reuse ( pour la *jeunesse* et plus meurtrière
» dans les combats ).

Trouvez-vous que Nostradamus fait venir la déesse *Juventas* d'un peu trop loin ? Je suis peut-être de votre avis. Mais il ne s'agit pas ici du bon ou mauvais goût de l'auteur, qui fait profession de parler un langage de fabrique humaine, *d'une naturelle faction :* ni de ce qu'on peut accorder à la nécessité où il s'est mis d'inventer autant de figures *voilées* mais reconnoissables, qu'il avoit d'objets particuliers à peindre dans le cours de 4 ou 5,000 vers, et quels vers ! Il s'agit de ce qu'il a vu en 1555. Supprimez sa *vierge* si elle vous déplait, et demandez-vous compte de ce qui reste ; négligez les seuls mots renfermés dans la parenthèse précédente ; niez ou expliquez le surplus.

Je reprends maintenant le Quatrain expliqué, afin d'en donner la construction grammaticale, suivie de quelques notes qui pourront mettre le lecteur à portée de juger par lui-même si le sens a été bien saisi.

*Quand l'animal à l'homme domestique* (1)
*Après grands peine et sault viendra parler ;* (2)
*De foudre à vierge sera si malefique* (3)
*De terre prinse et suspendue en l'air.* (4)

CONSTRUCTION.

Quand l'animal domestique à *de* l'homme

( le chien ) viendra parler *se fera entendre* après grand peine *bien des essais infruc-tueux de la part de l'homme* et sault , *et un saut bien marqué de sa part ;* sera *il deviendra* si maléfique *extrémement nui-sible* de foudre *par la foudre* à vierge *à cette divinité toujours jeune ,* prinse de terre et suspendue en l'air. *Que le suc nourricier et fécond d'un aliment emprunté de la terre, forma dans les flancs aériens de Junon.*

N O T E S.

(1) *A l'homme ;* latinisme , pour : de l'homme.

(2) *Après grand peine.* On fut bien long-temps à trouver ce mécanisme ingénieux dans lequel le chien , partie très-apparente, joue le rôle principal. C'est pour l'activer , que tous les ressorts cachés par la platine , sont disposés ; et c'est lui qui , dirigé par la main de l'homme , les tend tous et les prépare au développement de leur énergie aussitôt que la gachette aura été tirée : c'est alors qu'il paroît véritablement s'élancer comme un animal impétueux qui a pris carrière. Le serpentin de l'ancienne artil-lerie du temps de Nostradamus n'offroit rien de semblable. Il n'appliquoit à rien la force active qui ne lui étoit point immédiatement appliquée. Il étoit simplement attiré.

On voit que ce qui a frappé Nostradamus dans le *chien* du fusil , cent ans avant son existence , c'est d'abord son nom , ce nom si doux à l'oreille de l'homme , et qui contraste singulièrement ici avec sa destination homicide ; et ensuite cette vie , cette énergie apparente qu'une ingénieuse disposition des pièces de la platine actuelle semble lui donner. N'oublions pas cet autre contraste également frappant : « chien qui *parle* ou » qui aboye ne mord pas », dit le proverbe, et sur-tout si les saults , c'est-à-dire en ce cas les caresses , ont précédé la voix : et voici un chien qui ne fait de mal et le plus grand des maux , qu'après avoir *parlé !* — *Et sault ;* cela se trouve expliqué précédemment. — *Viendra parler ,* est un futur italien, mais qui indique que la chose exprimée sera amenée et préparée par une action , un effort antérieur. J'observerai seulement ici sur le mot *de parler ,* que non seulement les poëtes attribuent volontiers la parole aux choses inanimées qui font un bruit quelconque, lorsque ce bruit est toujours accompagné ou suivi d'un effet constant et uniforme : mais que les prosateurs eux-mêmes , qui ne sont pas à cet égard en reste avec les poëtes , font souvent parler des choses qui correspondent entre elles par une secrète sympathie , et pour ainsi dire tout bas. Je lisois hier dans ce Fou crédule, plein d'esprit et de génie, appelé Vanhelmont : *apud mulieres mammæ cùm utero assiduè loquuntur*. Je crois que le chien et la pierre à feu, s'entretiennent encore de plus près avec le bassinet et la poudre. Tout concourt à justifier l'expression de Nostradamus, jusqu'à notre langue elle - même, qui consacre en certaines occasions, cette locution : *la voix* du chien.

(3) *De foudre ;* par la foudre. *De* est aussi souvent la marque de l'ablatif que du génitif, même en françois, et sur-tout dans l'ancien langage. — L'animal domestique par excellence qui après avoir sauté et *parlé* à sa manière, provoque la foudre et la fait tomber sur *la jeunesse,* sur les enfans de la maison ! Non ce n'est pas le généreux, le désintéressé, le fidelle ami de l'homme ; c'est un autre chien...... L'énigme est par cela seul devinée. Est-il deux chiens qui provoquent et puissent provoquer la foudre? — *A vierge ;* à cette vierge, cette déesse toujours jeune. Le pronom démonstratif est supprimé comme en latin. Nostradamus ne donne jamais le nom de vierge qu'à celles qui sont consacrées à Dieu, ou bien aux déesses allégoriques ou poëtiques. Les filles des hommes, fussent-elles *pucelles,* ne sont

pour lui, comme pour Amiot, que des *filles*, quelquefois le féminin de *garçon*, ou bien de *jeunes putes*, ou bien encore quelque chose de plus mal sonnant à nos oreilles modernes. Hebé se maria tard sans cesser d'être jeune, et seroit encore pucelle sans Hercule. Il y avoit bien deux autres vierges au ciel avec Hebé avant son mariage: c'est la sage Minerve ou Pallas, et la Lune. Mais ni celle qui sortit toute armée du cerveau de Jupiter, ni la sœur de Phébus ne furent prinses de terre. — *Sera.* Il sera, il deviendra. C'est encore une suppression imitée du latin. — *Si maléfique.* C'est un mot latin qui signifie malfaisant ; le *si* est la marque du superlatif admiratif chez Nostradamus, toutes les fois qu'il n'est pas suivi d'un terme de comparaison. C'est en partie le *tantùm* admiratif des latins, et notre *si* admiratif.

(4) *De terre prinse.* Prise du sein de la terre. L'origine de la déesse *Juventas* n'étoit céleste que par sa mère, reine du ciel et souveraine de l'air, ou plutôt l'air elle-même, suivant la mythologie ci-devant expliquée. La cause première et productrice, selon la même mythologie, étoit toute terrestre. Car il ne croissoit pas de laitues sauvages dans le ciel des poëtes, pas même le moly ni le lotos, ni le dictame. L'am-

broisie seule et le nectar paroissent avoir été du crû du pays.

> Nectar , et ambrosiæ laticesque cibusque
> Deorum. *Ovid.*

— *Et suspendue en l'air.* Indépendamment de ce qu'elle a du être suspendue et portée pendant dix grands mois , ( c'est le temps de la gestation des déesses ) , dans les chastes flancs de Junon aérienne , *la jeunesse* fut admise dans la troupe céleste , et devint habitante de l'air comme les autres dieux. Ceux-ci ont toujours été représentés par les peintres et les poëtes de tous les pays , comme portés sur des nuages , et se balançant dans une heureuse nonchalance au-dessus de nos têtes. Quelquefois ils y prenoient le plaisir et se procuroient les jouissances d'une maligne curiosité. Ce n'est pas même un poëte , c'est un grand orateur en même temps philosophe , qui a dit : *Curiosos aerios , omnia pervadentes cervicibus humanis impendentes Deos.*

On me demandera peut-être pourquoi Nostradamus est allé choisir le chien du fusil , sa manière d'agir et ses effets , pour exercer d'une manière si singulière et sa science prophétique et notre curiosité. Je n'ai qu'à répondre : il l'a voulu. La chose n'en sera pas moins surprenante , ni la raison moins déconcertée devant un homme qui ,

en se jouant, et même en paraissant se
moquer un peu de la crédulité de certains
lecteurs ( les commentateurs y compris ),
nous met sous les yeux un des produits les
plus recherchés de l'industrie humaine ,
lequel ne fut connu dans le monde que plus
de cent ans après lui , et sous un nom qui
ne pouvoit guère venir à la tête que de celui
qui le lui donna.

Mais quoique le but général de Nostradamus paroisse être de faire briller spécialement dans l'obscurité des détails , l'éclat
de ce talent merveilleux et prophétique avec
lequel il a su peindre aussi les tableaux les
plus sublimes ; et que sous ce rapport, tout
lui soit bon pourvu qu'il prouve avoir vu
ce qu'aucune créature humaine , *de son
naturel engin ,* par les seules forces de son
esprit , n'a pu voir à même distance : cependant il a eu des raisons particulières de
ne point passer sous silence la partie la plus
remarquable , et pour ainsi dire constitutive,
d'une arme qui tient chez lui à d'autres
descriptions et même à de très-grands intérêts.

Il a vu le fusil armé d'une *lance de fer ,*
( et ceci est encore plus fort s'il est possible,
car la bayonnette est elle-même postérieure
au fusil ) ; il a vu , dis-je , *le foudre à fer
de lance* porté par des *seuls ,* c'est-à-dire ,

comme il l'explique ailleurs , des ministres célibataires du culte catholique , *gardant le Roi*, qu'il appelle aussi le *grand captif*. Il a vu le *tonnerre-pique* entre les mains de ces *fugitifs*, les émigrés qui , *de terre* et auprès de certains *forts* qu'il appelle selon son usage des *murs* , tous prêts à combattre , mais ne pouvant plus compter sur les humains , poussent vers le Ciel les cris du désespoir suppliant ; tandis que des *oiseaux sinistres et carnassiers*, des corbeaux, ceux sans doute dont le perfide augure les a conduits , *s'ébattent tout auprès* , se livrent à une joie féroce , *à l'aspect d'un combat qu'ils ont prévu* , et qui leur assure de nombreuses victimes. Il l'a vu enfin , et l'a très-bien reconnu , appelé même par son nom , quoique la crosse fut coupée et qu'il fut bien soigneusement renfermé dans cette infernale machine *traînée par un cheval*.... Mais le génie de la France retarda le coup , et son sauveur *passa sans accident*.

Que de raisons pour ne pas laisser incomplette la description du fusil ou, comme il prononce à l'italienne, *foussil* , qui joue un si grand rôle dans différentes parties de son ouvrage ! Enfin Nostradamus , en montrant à l'avance le chien du fusil , et l'indiquant comme un moyen de destruction plus actif et plus sûr , prédisoit effectivement la révolution survenue après lui , dans la tactique militaire , et qui est due toute entière au chien du fusil et à la bayonnette. Mais celle-ci n'eût jamais été appliquée aux armes à rouet et à serpentin.

## LETTRE de M. BOUYS à M. MOTRET.

*Nevers , le 2 Vendémiaire (*) an 14.*

LA reconnoissance que je vous dois, Monsieur et cher Compatriote, pour la découverte que vous m'avez procurée d'un clairvoyant instinctif du premier ordre , qui est *Nostradamus ,* m'engage à essayer encore une dernière tentative pour vous faire connoître la vérité , au sujet de cette faculté précieuse et rare , mais que l'on peut rendre plus commune ; je veux dire la clairvoyance instinctive de l'homme, soit physique, soit morale.

Nostradamus est une preuve des plus fortes que cette faculté admirable et naturelle peut devenir, avec un peu d'art, l'apanage de l'homme civilisé , sans avoir besoin de faire intervenir directement la divinité.

Voici l'argument dans les formes : Nostradamus avoit connoissance de l'avenir par des moyens naturels qui sont cette clairvoyance instinctive, ou par des moyens surnaturels, par

_______________

(*) M. Bouys s'est fait imprimer dans le courant du mois de Mai 1806. On a connu ici le titre de son ouvrage vers la fin de Juin.

l'inspiration de la divinité ; nous sommes d'accord sur la majeure. Or il est ridicule, absurde, et même c'est un blasphême horrible de penser, de publier que Dieu s'est occupé de parler à l'oreille de Nostradamus, ou de lui faire connoître, par des moyens surnaturels, par une inspiration particulière, des évènemens tels que la mort de Charles I.er, de Henry II, du duc de Montmorency, de Louis XVI, et sans lui suggérer les moyens (*) de prévenir ou de retarder leur malheureux sort, de manière que cette grande connoissance que Dieu lui donnoit de

---

(*) La prédiction absolue de ces sortes d'évènemens ne répugne pas plus à la bonté de Dieu envers ses créatures que la prévision elle-même dont la prophétie n'est que l'expression. M. Bouys veut-il dire que Dieu étoit tenu d'empêcher tout le mal qu'il a prévu ? S'il a pu le prévoir sans l'empêcher, il peut de même le faire prédire. Il n'y a là ni *ridicule*, ni *impertinence*, ni *blasphême*, du moins aux yeux de ceux qui ne refusent point à la suprême intelligence l'incompréhensible mais indispensable faculté de prévoir les actions libres des êtres qu'elle a formés. M. Bouys, qui veut passer pour philosophe en clabaudant contr'eux, (voyez *son rapport*, page 9) tient-il ici tacitement pour la négative ? Mais alors comment ses hommes primitifs, et, dans le monde civilisé, comment ses crisiaques naturels ou magnétiques, verront-ils et prédiront-ils, à point nommé, ce que Dieu lui-même n'a pas vu ?

Je n'ai point voulu entrer dans le labyrinte de ses pensées ; je me suis contenté de lui prouver que les prédictions dont il parle, et telles qu'il les suppose, excèdent visiblement la portée de l'esprit humain ; qu'elles n'ont nulle ressemblance avec ce que nous connoissons de ses prétendus clairvoyans instinctifs ; et qu'enfin elles peuvent avoir par rapport *à la société*, toute l'*utilité* qu'il leur refuse expressément.

M. Bouys n'a pas manqué de trouver que je ne lui avois pas répondu, et il me l'a écrit avec quelques gentillesses, dans quatre mortelles pages *in-folio*.

ces évènemens épouventables n'étoient d'aucune *utilité* ni pour le prophète ni pour les personnes intéressées, *ni pour la société*. Vous avouerez que cette opinion est ridicule, absurde, très-impertinente, et même qu'elle est une espèce de blasphême.

Il ne reste donc d'autre parti à prendre que celui d'être convaincu que l'auteur des centuries n'avoit connoissance de l'avenir que par des moyens très-naturels, qui sont cette clairvoyance instinctive de l'homme.

Vous me direz sans doute que l'objection que je fais contre l'intervention de la divinité pour les prédictions de Nostradamus, contre cette inspiration divine que vous soutenez avec tant d'ardeur, milite également contre la clairvoyance instinctive.

Comment peut-on imaginer, direz-vous, qu'une faculté que l'on dit si précieuse, si utile à la société, ait été donnée pour voir des évènemens sinistres que l'on ne peut ni empêcher ni retarder. Cette objection qui est de la plus grande force et sans replique, lorsqu'elle est dirigée contre l'inspiration divine à l'égard de Nostradamus, devient de toute nullité, lorsqu'elle est retorquée contre la clairvoyance instinctive.

En effet, quoique ceux qui jouissent de cette faculté, la dirigent quelquefois vers des évènemens qui ne sont d'aucune utilité et même qui pourroient troubler la tranquillité des familles, il n'en est pas moins vrai qu'elle a été donnée pour le plus grand avantage et des clairvoyans et de ceux qui ont confiance en leurs lumières.

Mais il en est de cette faculté instinctive comme de toutes les autres facultés de l'homme, qui lui ont été données pour son bonheur, et qu'il a la liberté de diriger contre lui-même, et d'employer pour son malheur et quelquefois pour sa propre destruction.

Les bras de l'homme sont visiblement destinés pour lui procurer toutes les choses utiles à sa conservation, et toutes les jouissances les plus délicieuses, et cependant combien de fois ne les emploie-t-il pas à son détriment, même à sa destruction.

Soyez persuadé, Monsieur et cher Compatriote, que je n'ai été entraîné dans cette discussion, que par le desir de la vérité et de voir vos succès complets, auxquels je m'intéresse peut-être autant que vous, et que je craindrois de voir diminuer par une fausse opinion sur la cause des prédictions de Nostradamus.

Recevez les assurances de ma sincère amitié.

B o u y s.

## R É P O N S E.

Monsieur et cher Compatriote,

J'ai eu de la peine à trouver un moment pour vous répondre, et j'ai été, indépendamment de mes occupations, très tenté de ne pas répondre du tout. Ni mon goût, ni ma position personnelle ne me permettent de me livrer à une discussion que votre zèle pour Nostradamus, ( zèle *indiscret*, dont j'ai bien un peu à me plaindre) trouveroit le moyen d'éterniser. Je ne veux parler au public sur cet homme extraordinaire, et lui communiquer ce que j'ai apperçu chez lui, qu'au moment que je jugerai convenable; et ce moment n'est pas encore venu. En attendant, le prophète condamne votre opinion appliquée à la prévision des effets uniquement dépendant de la volonté humaine; et il la condamne comme s'il l'avoit prévue elle-même et qu'il eût eu l'intention de vous en déprendre. Si vous n'y voyez pas cela , dites que vous ne l'entendez pas.

Votre terrible argument , s'il n'est pas une plaisanterie en prose , après une bien meilleure plaisanterie en vers , annonce une préoccupation irrémédiable , et qui ne permet pas à l'idée opposée d'arriver jusqu'à vous.

Je vous l'ai répété cent fois : dans tous les systèmes possibles hors le vrai, il n'y a rien de plus oiseux et de si triste que cette faculté que vous croyez naturelle à l'homme , *de se plonger à volonté* dans le sombre avenir , d'en tracer les différentes époques ; de lier à chacune d'elles la description frappante des calamités auxquelles l'espèce humaine sera infailliblement exposée ; les crimes des uns, les stériles vertus des autres , les noms des victimes et ceux de leurs bourreaux.

S'il existe un corps de prédictions de cette nature, qu'elles soient authentiques , incontestables , et que les faits y répondent exactement , sans qu'on puisse en faire honneur à ce hazard que personne ne définit et dont tout le monde sent la limite ; de pareilles prédictions , attribuées à tout autre principe qu'à Dieu lui-même, ne seront jamais , pour l'être qui raisonne , qu'un grand effet sans cause suffisante , de quelque nom qu'on veuille se servir pour exprimer le phénomène.

Aux yeux de l'homme religieux , la prophétie prend un caractère moral. Tous les peuples et dans tous les temps , l'ayant avec raison regardée comme une émanation directe de la divinité , elle rend son intervention dans les choses humaines sensibles , et son idée présente à ceux qui seroient tentés de l'oublier. Direz-vous que ce fanal , jetté de distance en distance sur la route des générations qui se succèdent, comme nn moyen de les rappeler aux principes conservateurs de tout ordre et de toute moralité, est indigne de celui qui seul embrasse tous les temps dans son éternelle intelligence , ou qu'elle est *inutile* à la grande famille des hommes réunis *en société* ?

Ce qui vous empêche de sentir la force de ces réflexions puisées dans la raison commune et qui sont justes , précisément parce qu'elles sont simples ; c'est que vous voulez absolument que vos malades ou demi-malades appelés ci-devant *somnambules - magnétiques* , et par vous , *clairvoyans-instinctifs* , soient de véritables oracles. Il est vrai que la prédiction des crises a pour objet l'avenir, mais un avenir rendu présent par sa cause nécessaire et antérieurement connue. Tout ce qui est au de-là est plus que douteux, et n'a jamais été suffisamment approfondi ; ou bien il rentre dans l'ordre des conjectures qui, quoique plus rapides, plus fines, plus étendues chez des êtres dont toutes les facultés sont exaltées et appliquées à un seul objet, n'auroient cependant rien de plus merveilleux dans leur principe, que celles de l'homme qui exerce naturellement la supériorité de ses lumières acquises et de ses observations particulières.

De cette tendance des clairvoyans vers un avenir qui les intéresse si fort, soit pour eux-mêmes, soit pour ces *autres eux-mêmes* que le magnétisme leur a donnés en les plaçant dans la sphère d'une activité et d'une sensibilité réciproques ; vous tirez la conséquence implicite que nous sommes tous des prophètes en herbe, ou plutôt que vos malades sont de véritables dieux, qui, à tous les instans donnés de leur activité magnétique, coexistent avec tout ce qui peut être mesuré par le temps ; et voyent, pour ainsi dire, sous le même angle, le passé, le présent, l'avenir, même celui qui dépend uniquement du libre exercice de la volonté humaine.

Interrogez de bonne foi vos livres, votre conscience, votre expérience personnelle. Demandez-vous si vous pouvez appuyer sur un seul fait authentique et incontestable de pareilles prétentions.

Comparez ces êtres passifs sous l'empire d'une volonté étrangère, qui ne se souviennent de rien, qui ne se douteroient même pas de ce qu'ils ont apperçu, pronostiqué, ordonné, si l'on n'en tenoit pas registre à leur insçu : comparez-les au très-savant homme et habile médecin, juge sans doute compétent de ce qui se passoit en lui-même ; qui, étonné de ce qu'il y trouve et cherchant à le démêler ; accordant au *naturel instinct* ce qui lui est dû, *au calcul* ce qui lui appartient, et *à la divine inspiration* ce qui *ne peut venir que d'elle* ; s'élève *seul* à des découvertes inouies dont tous les résultats supposent le concours de plusieurs millions de volontés libres et l'intervention d'agens désignés, spécialement dénommés, qui n'existeront que plusieurs siècles après lui ; qui, parcourant tous les espaces, et tous les âges futurs, s'arrête où il veut et quand il veut ; qui enveloppe avec un dessein marqué et une attention soutenue, l'idée dont l'impression existe dans son entendement ; qui n'est pas entraîné par un ordre préexistant, mais qui se met de lui-même dans l'ordre inverse des faits, en fournissant au lecteur le moyen de renouer la chaîne volontairement rompue ; qui tantôt évite le mot propre, mais en vous forçant vous-même à le substituer ; et tantôt vous atère par l'effrayante précision des dates, et la longue série des noms qui seront arbitrairement imposés deux ou trois cents ans plus tard à des objets dont l'idée même n'existoit pas de son temps......... Si vous appelez cela un somnambule, ou sous un autre nom, un *clairvoyant* de l'espèce de ceux que le magnétisme vous a fait, dites-vous, connoître ; nous n'avons ni les mêmes yeux l'un et l'autre, ni le même sens interne ; et c'est une raison ajoutée aux précédentes pour nous engager à rester dans le silence. Je m'y condamne de mon côté, et vous paye d'avance par les privations qu'il m'impose, celui que je vous prie de garder.

Je suis, etc. *M O T R E T.*

Il est prouvé, je pense, que non seulement M. Bouys ne m'a jamais compté parmi ses prosélytes, mais que la plus simple honnêteté lui défendoit de me fourrer malgré moi dans sa rapsodie, en gâtant et dénaturant des matériaux dont je m'étois réservé l'emploi. Je n'ai pris la plume que pour établir ces deux faits. M. Bouys peut actuellement imprimer tout ce qui lui plaira. *Mon dernier mot* à moi, et je crains bien d'avoir beaucoup d'imitateurs, c'est que je ne le lirai même pas.